兒童文學叢書
·藝術家系列·

光影魔術師

與林布蘭聊天說畫

莊惠瑾／著

三民書局

國家圖書館出版品預行編目資料

光影魔術師：與林布蘭聊天說畫／莊惠瑾著.－－二版
一刷.－－臺北市：三民，2008
　　面；　　公分.－－(兒童文學叢書・藝術家系列)

ISBN 978–957–14–2737–9　(精裝)

1.林 布 蘭 (Rembrandt Harmensz van Rijn, 1606–
1669)－傳記－通俗作品

859.6

© 　光影魔術師
　　　　——與林布蘭聊天說畫

著 作 人　莊惠瑾
發 行 人　劉振強
著作財產權人　三民書局股份有限公司
發 行 所　三民書局股份有限公司
　　　　　地址　臺北市復興北路386號
　　　　　電話　(02)25006600
　　　　　郵撥帳號　0009998–5
門 市 部　(復北店)臺北市復興北路386號
　　　　　(重南店)臺北市重慶南路一段61號
出版日期　初版一刷　1998年1月
　　　　　二版一刷　2008年10月
編　　號　S 853801

行政院新聞局登記證局版臺業字第○二○○號

有著作權・不准侵害

ISBN　978–957–14–2737–9　　(精裝)

http://www.sanmin.com.tw　三民網路書店
※本書如有缺頁、破損或裝訂錯誤，請寄回本公司更換。

閱讀之旅

　　很早就聽說過藝術大師米開蘭基羅、梵谷、莫內、林布蘭、塞尚等人的名字；也欣賞過文學名家狄更斯、馬克‧吐溫、安徒生、珍‧奧斯汀與莎士比亞的作品。

　　可是有關他們的童年故事、成長過程、鮮為人知的家居生活，以及如何走上藝術、文學之路的許許多多有趣故事，卻是在主編了這一系列的童書之後，才有了完整的印象，尤其在每一位作者的用心創造與撰寫中，讀之趣味盈然，好像也分享了藝術豐富的創作生命。

　　為孩子們編書、寫書，一直是我們這一群旅居海外的作者共同的心願，這個心願，終於因為三民書局的劉振強董事長，有意出版一系列全新創作的童書而宿願得償。這也是我們對國內兒童的一點小小奉獻。

　　西洋文學家與藝術家的故事，以往大多為翻譯作品，而且在文字與內容上，忽略了以孩子為主的趣味性，因此難免艱深枯燥；所以我們決定以生動、活潑的童心童趣，用兒童文學的創作方式，以孩子為本位，輕輕鬆鬆的走入畫家與文豪的真實內在，讓小朋友們在閱讀之旅中，充分享受到藝術與文學的廣闊世界，也拓展了孩子們海闊天空的內在領域，進而能培養出自我的欣賞品味與創作能力。

　　這一套書的作者們，都和我一樣對兒童文學情有獨鍾，對文學、藝術更是始終懷有熱誠，我們從計畫、設計、撰寫、到出版，歷時兩年多才完成，在這之中，國內國外電傳、聯絡，就有厚厚一大冊，我們的心願卻只有一個——為孩子們寫下有趣味、又有文學性的好書。

　　當世界越來越多元化、商品化的今天，許多屬於精神層面的內涵，逐漸在消失、退隱。然而，我始終牢記心理學上，人性內在的需求——求安全、溫飽之後更高層面的精神生活。我們是否因為孩子小，就只給與溫飽與安全，而忽

略了精神陶冶？文學與美學的豐盈世界，是否因為速食文化的盛行而消減？這是值得做為父母的我們省思的問題，也是決定寫這一系列童書的用心。

我想這也是三民書局不惜成本、不以金錢計較而決心出版此一系列童書的本意。在我們握筆創作的過程中，最常牽動我們心思的動力，就是希望孩子們有一個愉快的閱讀之旅，充滿童心童趣的童年，讓他們除了溫飽安全之外，從小就有豐富的精神食糧，與閱讀的經驗。

最令人傲以示人的是，這一套書的作者，全是一時之選，不僅在寫作上經驗豐富，在藝術上也學有專精，所以下筆創作，能深入淺出，饒然有趣，真正是老少皆喜，愛不釋手。譬如喻麗清，在散文與詩作上，素有才女之稱，在文壇上更擁有廣大的讀者群；陳永秀與羅珞珈，除了在兒童文學界皆得過獎外，翻譯、創作不斷，對藝術的研究與喜愛也是數十年如一日用功勤學；章瑛退休後專心研習水墨畫，還時常歐遊四處欣賞名畫；戴天禾有良好的國學素養，對藝術更是博聞廣見；另外兩位主修藝術的嚴喆民與莊惠瑾，除了對藝術學有專精外，對設計更有獨到心得。由這一群對藝術又懂又愛的人來執筆寫藝術大師的故事，不僅小朋友，我這個「老」朋友也讀之百遍從不厭倦。我真正感謝她們不惜時間、心血，投入為孩子寫作的行列，所以當她們對我「撒嬌」：「哇！比博士論文花的時間還多」時，我絕對相信，也更加由衷感謝，不僅為孩子，也為像我一樣喜歡藝術的大孩子們，可以欣賞到如此圖文並茂，又生動有趣的童書欣喜。當然，如果沒有三民書局的支持、用心仔細的編輯，這一套書是無法以如此完美的面貌出現的。

讓我們一起——老老小小共同享受閱讀之樂、文學藝術之美，也與孩子們一起留下美好的閱讀記憶。

「光影魔術師」現身記

　　會寫出這本書，真的只能說是個「緣」吧？由於本身從事的是設計教育，總以為自己的第一本著作，應是脫離不了濃厚學術理論的範疇。1995 年暫卸教職後，即束裝赴美，盼於旅美期間能在個人學術領域裡更上層樓。

　　回到闊別已久的昔日求學地，準備重溫留學生涯夢之際，在一次聚會裡遇見了素負寫作、教育及心理諮詢盛名的簡宛老師，彼此相談甚歡。其實早在求學時期即拜讀過不少她的作品，即為其清麗溫婉的文才所折服。時值三民書局希望請她規劃一系列兒童文學讀物，加上她正為來自各方不斷的邀稿而忙不過來，數面之緣後，一句「妳願不願意抽空充當我的助理，幫我整理一些文稿？」我不假思索便欣然答應，從而間接促成我寫這本童書的導因，同時也燃起對兒童文學的寫作興趣。

　　其實以簡老師豐富的寫作經驗來說，為孩子們寫些活潑生動的讀物自是輕易之事，但她不願急就章，因為讀者群是國家未來的棟梁。秉著教育良知，她想要做的是一套兼具文學性、知識性及趣味性的文學作品。最初參與這個企劃構想時，看簡老師對此事的審慎認真、用心良苦，處處為下一代設想，直使我既感動又汗顏。她有今日的成就，絕非單因文才出眾而已。

　　藉由反覆討論與多次書信往返，簡老師終與三民書局取得共識，決定先以西洋文學家及藝術家二套系列做為此計劃的開路先鋒。案子敲定，隨即透過簡老師在文學界的聲望人脈，成功邀請到多位散居美國各地的文學寫作精英們，為此事共襄盛舉。

　　占天時地利之便，我也成為眾多執筆者之一，不同的是，我並非專業作家，但簡老師大膽的給了我這個機會，讓我得以嘗試用說故事的方式，把藝術美學介紹給小朋友。只是寫童書不比撰述專業論文，要集文學、知識、趣味三大要件於一體，可就挑戰性十足了。

寫作期間，回想在中文學校當孩子王時，我曾為一張張純稚的童顏卻有超齡的思緒行為而訝異。細追其因，也只能歸諸於現今孩子們拜科技資訊發達之賜，種種速食文化以不同管道悄然侵吞他們的生活，間接影響他們的判斷及社會價值觀。初寫本書時，亦不斷自問：孩子們期待的是什麼？這本書又能帶給他們什麼呢？假如我是讀者，怎樣的內容才會勾起我對那些時光背景全然陌生的名家們感興趣？假如我是孩子的父母，怎樣的編輯內容才不致使孩子讀起來索然無味，徒花鈔票？因著這問題，使我數度停筆思索該如何開始耕耘這片苗田？畢竟我們都愛孩子，自然期待有更多的好書可供孩子們閱讀。讓他們在競相爭逐電腦遊戲之時，亦能藉書香修身養性。是呵！想得如此偉大，說得如此堂皇，但寫來可不容易，若非簡老師在文筆內容上的大力指正，及三民編輯部的鼎力相助，我這滿腔理想怕也只是空唱高調。

　　這本書總算在醞釀多時後，終於得以完成出版。它之於我，猶如剛練走路的小寶寶，為踏出自己的第一步而興奮不已，但也需要更多的指導及鼓勵。我期許自己能繼續為兒童文學這片苗田盡一份心力。

莊惠瑾

莊惠瑾

　　小時候最愛到書店看免費的歷史故事及名人傳記，最崇拜那些偉人英雄，所以一心夢想做個傑出的政治外交家。以為自己天不怕地不怕的不服輸個性，一定可以同書上的偉人一樣，名留青史。

　　長大後對政治依舊關心，只是喜歡塗塗抹抹的嗜好，改變了小時的志向，童年時期的雄心壯志也早被社會馴化，而心甘情願做個有用的小螺絲釘。

　　美國北卡州大產品設計研究所畢業後，曾返臺先後擔任中央標準局專利審查委員，國立臺北工業技術學院工業設計系、實踐設計管理學院應用美術科兼任講師，及銘傳管理學院商業設計系專任講師等。現旅居美國「修身養性」，希望在不久的將來，能返臺繼續發揮小螺絲釘的功能。

林布蘭

Rembrandt Harmensz van Rijn

1606~1669

Rembrandt

「哦！老天為證，我願意用生命中最精華的十年，換取兩星期的光陰，站在這兒享受林布蘭的畫，即使只有以乾麵包裹腹，也甘之如飴……。」

聽到比我晚生兩百年的梵谷，站在我的畫前，熱淚盈眶的說出這段話，還有好多對繪畫藝術滿腔熱愛的人，奉我的作品為經典。這一生為繪畫付出的心血，總算沒有白費。

你呢？你喜歡畫畫嗎？

達文西、莫內、梵谷、畢卡索等人都是因為喜歡畫畫，而在繪畫藝術領域裡名垂青史。我也是因為酷愛畫畫，而改變了一生的命運。

算一算我的作品，大大小小加起來，少說也有三千件吧，現在遍布世界各地，還外加一個專門研究我繪畫作品的學術機構。

你也許很好奇，我怎麼會有那麼多作品？

現在，讓我來告訴你有關我和這些作品背後的故事，這件事，必須從我小時候說起……。

1. 愛畫畫的童年

　　林布蘭是我的中文名字，我的本名叫做 Rembrandt Harmensz van Rijn，因為名字太冗長，所以大家都以第一個字稱呼我。我的生日是西元一六〇六年七月十五日，星座是巨蟹座。從小生長在歐洲一個以鬱金香、風車聞名的國家——荷蘭。

　　地處北海的荷蘭，有將近三分之二的土地在海平面下。狹小有限的地形，到處擠居著各種族裔。這樣地狹人稠、移民眾多的特殊環境，連帶使取名字都變成一件很有意思的事。比方說：我是林布蘭，我父親的名字是 Harmen，為了讓人知道我們是

阿姆斯特丹的風景　1640 年
（凹版蝕刻　11.2×15.3 cm　荷
蘭阿姆斯特丹林布蘭美術館藏）

父子關係，爸爸便在 Harmen 後面加上 sz 兩個字母，表示我乃哈門之子；又由於家居萊茵河畔，便用 van Rijn 當成姓氏，取其來自萊茵河的意思。我們和中國人一樣，很重視家族根源，這麼一長串的名字，是有慎終追遠的意義。我們家是一個大家庭，兄弟姐妹共十人，我排行第九。依照「男主外、女主內」的傳統，父親和哥哥們在自營的磨坊裡，工作賺錢；媽媽和姐姐們則留在家裡，張羅一家子的生活起居。

小時候，我最愛和附近的玩伴一塊到磨坊那兒玩，望著大風車嘎吱嘎吱不停的轉動，爸爸和哥哥們忙進忙出，利用它把農人送來的麥子一一輾好，再賣給當地的啤酒廠。年紀尚小的我，反正是幫不了了什麼忙，一心只想到大風車上頭探個究竟。我的死黨們和我打賭，假如我敢爬到大風車上頭，他們就要叫我老大，還要請我吃一個禮拜的糖果點心。一天，好不容易逮著機會，趁機避開忙著工作的大人，鼓足勇氣，冒著隨時被輾成肉醬的可能，躲進運麥子的推車，趁四下無人之際，小老鼠似的躡手躡腳，在縱橫交錯的梁柱、木梯之間東鑽西爬。歷經一番匍匐，才到達頂樓。這會兒，心口還噗咚噗咚的直跳著，眼見那窗口就在眼前，就要成功了，我顧不得危險俯向前去。

哇！真不敢相信自己看到了什麼！

那被太陽晒得閃閃發光，蜿蜒清澈的萊茵河，正像個淑女般，從容優雅的沿著岸邊村莊，緩緩散步；一團團棉花糖似的朵朵白雲，清悠自在，躺在蔚藍天空的懷裡；成群張著雙翅的小鳥，扯著清脆的嗓音盡情高歌，聽得夾在碧綠草原中的璀麗百花，不自禁隨風和著節奏，翩翩起舞。

就這麼看著看著，不知什麼時候，徐徐清風悄悄吹閤上我的眼皮，迷濛中，彷彿有個聲音在我耳畔輕輕的說：

石橋風景　1638 年　（油彩、木板　29.5×42.5 cm　荷蘭阿姆斯特丹國立美術館藏）

5

「小林布蘭，這麼美的山光水色是大自然送給人類的禮物，你應該畫下它！畫下它！」

等哥哥發現，並把我搖醒時，窗外天色已近昏黃。走在回家的路上，肚子被陣陣烤牛肉的香味引誘得嘰哩咕嚕叫著，而「要畫畫」「當老大」這些重要事，仍不住的盤旋在腦海裡。心裡直想：好棒！等我吃飽以後，一定要想法子把整個來登給畫下來，證明我真到過大風車上頭，好讓那群哥兒們改口尊我為老大。

來登是一個位於荷蘭首都阿姆斯特丹西南方的小城市，大約在西元一五七三到一五七四年間，曾被西班牙占領過。這裡主要是以紡織及啤酒聞名；除此之外，歷史悠久的來登大學亦是我們的驕傲之一。

早期，這個兼具純樸民情與鼎盛文風的地方，是歐洲的文教中心，各地學者紛紛受它吸引遷居到這兒來，連著名的哲學家──笛卡兒先生，都不遠千里迢迢，從法國到來登大學教書。

家鄉雖然有一流學府，但讀書在大多數以農維生的居民眼裡，是有錢人家的專利。我們家談不上很有錢，但爸媽還是省吃儉用，送哥哥們去上學。當時的社會，普遍存有重男輕女的想法，姐姐們只好被犧牲，乖乖待在家裡做女紅。

可惜哥哥們都不愛念書，學校的基礎課程上完後，便藉口要分擔家計，不想求學。正好磨坊人手不足，爸爸和大哥的手臂又先後因打仗而受傷。既然他們不愛念書，願意分擔磨坊裡的粗重工作，也是個好法子。另一位做得一手好糕點的哥哥，徵得家人同意後，效仿外公，當麵包師傅去了，後來開了家香噴噴的糕餅鋪子。

輪到我上學時，爸媽認為我是最能念書的一個，所以鼓勵我繼續升學，並送我進入當地最好的市立學校。這是一所只收男生、不收女生的拉丁語系學校，一般順利畢業者，即可進入大學（當時，十三、四歲畢業就可攻讀大學），或可在市政府裡，謀得一份理想的工作。

十四歲的那年，我帶著家人的期望，踏入來登大學之門，當起大學新鮮人。只是沒多久，我也和哥哥們一樣，放棄了求學……。

老實說，大學生活的確新鮮有趣。課堂上，老師們孜孜不倦傳授各種學問，我

聽得津津有味，埋頭猛做筆記。只是課餘閒暇時，花木扶疏的美麗校園，五彩粉蝶的曼妙舞姿，三兩成群的同學、行人，更吸引我的目光，他們全成為我畫本中的免費素材。畫圖比起做功課，真是好玩太多了。磨坊裡的夢境，不時閃入腦中，一股棄學從畫的念頭，也愈來愈強。

爸媽禁不住我再三的懇求，只好答應送我到傑克伯先生那裡，請他當我的啟蒙老師。傑克伯先生原本住在義大利，他父親是我們的市長，後來因市長先生去世，他便和他的義大利太太一起搬回來登，開了間畫室，專門教學生畫畫。

說到學畫，可不要以為像現在只要繳了學費按時去上課就好了，我們是採學徒制的方式。也就是說，除了繳錢給老師，還得住在老師家裡，幫老師做許多雜事；這種學生兼打雜的生活是很辛苦的。

在那個年代，繪畫的用具沒有現在這麼方便，許多材料工具都要自己動手做。加上父親曾對老師說：「傑克伯先生，我這個孩子非常頑皮，有勞您費心，對他好好嚴加管教吧。」所以我得比別的學生做更多的事；每次，老師一說要開始畫圖時，就是我最緊張的時刻，因我必須在很短的時間內，把所有東西弄妥：先將顏料磨成細粉，再混入適量的油，調勻顏色；接著拉

畫家的畫室　1628 年（油彩、木板　24.8×31.7 cm　美國波士頓美術館藏）
圖中的主角就是林布蘭。

平畫布，準備畫架、畫筆、調色板……，手裡忙著時，眼睛也沒閒著，深怕遺漏任何一丁點兒的繪畫祕訣；還要不時跑進跑出聽候使喚。直待老師畫完，我也像打完仗似的，得以稍息片刻。有時，我也趁老師回房睡覺之際，偷溜出去買零食解饞，或找找朋友，消磨一下難得的空檔，同時也打探街上的最新情報。

　　雖然我必須做這麼多瑣事，但很慶幸傑克伯先生是一位非常隨和的老師；聽朋友說，有些在別家學畫的學徒們，常因老師喝醉酒，而莫名其妙挨打、挨餓，甚至有的已好幾年沒拿過畫筆。相形之下，我的老師對學生可說十分照顧。他將繪畫的基本概念傾囊相授，教我們如何素描、臨摹周遭的動、靜態生活實物；如何利用石膏像來練習人體線條；如何用透視觀念，化平面為立體；以及如何妥善安插主題以外的背景等等。還不時耳提面命，要我們隨時保有藝術家的淵博知識和生活品味。但對我們這些剛懂得繪畫皮毛的人來說，最常面臨的難關依舊是：怎樣不必憑空想像，就可把繪畫的內在精神表現出來？

2. 新環境新老師

　　日子過得很快，三年的學徒生涯，轉眼已至。為了求畫藝更加精進，我想來想去，決定到阿姆斯特丹另行拜師學藝。何其有幸，在這人文薈萃、眾商雲集的大城裡，碰到了對我一生繪畫事業有著深遠影響的老師——皮耶特・萊斯曼先生。他也是從義大利回來的畫家，此時在荷蘭已頗有名氣；他的繪畫風格深受義大利著名畫家卡拉瓦齊的影響，擅長以光影的明暗對比方式，描繪具歷史性或故事性的圖像；諸如《聖經》裡的典故，類似創世紀、盤古開天的上古時代傳說；或者是希臘、羅馬神話故事，當代歷史記述等。當然啦！既然我向他學畫，自然要知道什麼是「明暗對比畫法」(Chiaroscuro)。其實說來並不是很難，若用義大利話解釋，chiaro 是光亮，scuro 是黑暗，合在一起，就成了我們說的明暗對比法。

　　用這方法時，原則上儘量選用明亮的顏色，畫出整幅畫的重要部分，不重要的地方則用較深或較濁的色調來處理。如此一來，很容易讓人立刻看到你要表現的重

皮耶特·萊斯曼　十字架上的耶穌　1616 年

（油彩、畫布　90.5×137.5 cm　荷蘭阿姆斯特丹林布蘭美術館藏）

　　由這幅畫中不難發現萊斯曼深受卡拉瓦齊畫風的影響。

卡拉瓦齊　彼得殉難圖　1600－1601 年

（油彩、畫布　230×175 cm　義大利羅馬帕布羅聖母堂藏）

　　十六世紀末，義大利著名畫家卡拉瓦齊，是明暗對比畫法的先驅者。

　　點，還可增加立體效果；就拿我這張算不上很英俊，不過還有點酷，且已被英王查理一世收藏的〈自畫像〉來說，為想讓大家知道林布蘭是何許人也，所以我選用明亮的橙黃色系，突顯自己的五官；至於帽子和衣服部分不是重點，塗上深色，輕描淡寫的帶過就行了。乍聽之下，你會認為

自畫像　1629 年

當時歐洲皇室流行搜集名人畫像，林布蘭的
這幅畫，據說是被英王查理一世所收藏。

很簡單嘛，幹嘛還要花這麼多年學呢？

因為要畫出自己的獨特風格，非下一番功夫不可。好比說你想拿班上第一名，只在課堂上專心聽講是不夠的，一定得花時間做課前預習，及課後溫習才有可能。畫畫也是如此，懂得技法後再加上勤奮練習，才能從中找出個人特色，邁向繪畫的最高境界。

我的同門師兄李文，是位嗜畫如命的才子。我們二人，在萊斯曼先生的辛勤指導下，每天花時間研究當時所有著名畫家的作品，同時不斷吸收、嘗試各種可以應用在繪畫上的新技巧；希望有朝一日，能走出一條屬於自己的路。

14

3. 畫夢成真

　　對我們這些立志當個偉大畫家，卻又尚未成名的人而言，能獨當一面，開間個人繪畫工作室，是每個人的夢想。剛回來登時，為了要維持日常生活的開銷，及早日存夠錢開設工作室，我找了李文師兄做搭檔，兩人成天待在斑駁古舊的畫室裡，印製廉價版畫，或設法將東西畫得維妙維肖，再賣給那些想買畫但不是真懂畫的客戶。這是我們覺得最快、最容易的賺錢方法。現在想起來還真有點不好意思。另一方面，我們也深信，只要持續努力，一定可以遇到真正賞識我們作品的伯樂。

　　果然我們的努力起了作用，當奧倫治親王的助理，康斯坦丁・海更斯先生，親自到畫室拜訪我們，希望我們幫奧倫治親王的行宮進行布置時，我和李文都興奮得跳了起來！

　　海更斯先生花了比市價多十倍的錢買下我的作品，又寫文章對我及李文稱許一番，真使我們受寵若驚。向來自視甚高、多才多藝的海更斯是不輕易做這種事。他是荷蘭的名詩人，上知天文，下知地理，

琴棋書畫樣樣精通；又貴為親王的總管兼祕書，行宮即是由他負責設計監造。他可說是我的偶像之一，作品能夠得到他的青睞，簡直讓我們樂翻天了。但有一點我必須澄清，他在文章中，把我和李文形容成缺乏運動、身體瘦弱的小老頭，我們很不以為然。也不想想雙方見面之初，我才不過二十出頭，正是年輕瀟灑、身強體壯的少年。只因前晚熬夜畫圖沒睡飽，身上又披著邋遢厚重的工作服，竟被他說成是營養不良的小老頭。

看看我自己的〈自畫像〉，只有頭髮稍亂一點，衣服稍髒一點罷了，實在找不出哪裡未老先衰？倒是他很訝異我的畫作裡，有濃厚的希臘及義大利風味；加上會說一口流利的拉丁文，居然猜測我可能去過外國留學呢！這說來得要謝謝我那親愛的爸媽，送我去好學校受教育。

說出來不怕你笑，這張倍受海更斯肯定的〈猶大懺悔圖〉，是我長期自修的成果。早先在老師家學畫時，我就謹記取人之長、補己之短的道理。它是參考一六一〇年亞伯拉罕先生的〈彼得懺悔圖〉，再加以潤飾修改而成的。告訴你這件事，並非笑海更斯沒眼光，而是高興這種模仿式創作，會為自己帶來幫奧倫治親王工作的好運。

自畫像　1629 年　（油彩、木板　37.9 × 28.9 cm　荷蘭海牙莫瑞修斯美術館藏）

正值二十三歲年輕氣盛的林布蘭，在自己和李文一起租來的畫室裡，留下早期剛開始自立門戶時艱辛的一面；海更斯也曾親自到畫室拜訪過他們。

亞伯拉罕　彼得懺悔圖　　1610 年

S. PETRVS.

猶大懺悔圖　　1629 年

（油彩、木板　　79×102.3 cm　　私人收藏）

　　被海更斯至為欣賞的〈猶大懺悔圖〉，其實是林布蘭模仿亞伯拉罕於 1610 年的作品而來，我們不難發現林布蘭繪製的猶大，其神情動作與亞伯拉罕的作品極為神似。

　　奧倫治親王是管轄我們這一帶領土的省長，他的祖先曾拯救來登居民免受西班牙統治之苦。由於親王工作繁忙，終年在各地巡視，沒有時間過問與建行宮的所有過程，就把這項重任交給他最信任的得力助手──海更斯先生全權處理。海更斯先生為了證明自己沒有看錯人，特別出了一道考題給我們，要李文和我各畫一幅《聖經》裡的故事〈拉撒路復活了！〉。

　　〈拉撒路復活了！〉是依據《聖經》記載，講的是一位名叫拉撒路的人，雖然生病死了四天，可是經由耶穌向天父禱告之後，又奇蹟似的活過來的故事。

　　記得拿了這個題目回到畫室，我和李文隨即很有默契的各占一角，在畫板上刷

李文　拉撒路復活了！
1631 年
（油彩、畫布　107×114.3
cm　英國布來頓美術館
藏）

拉撒路復活了！　1630 年

（油彩、木板　96.36 × 81.28 cm　美國洛杉磯郡立美術館藏）

　　林布蘭的描繪著重於耶穌高舉右手，祈禱天父讓拉撒路復活，及拉撒路的兄妹等人見狀後的驚異表情。李文於 1631 年接著完成同樣土題的作品；海更斯認為，林布蘭比李文更能將本畫的內涵發揮出來。

刷振筆，互不干擾直至完成。

交件那天早上，趁海更斯還沒來，我隨手端起一杯提神用的濃茶，緩緩走向李文的畫作，他正在為畫做最後修飾，望著眼前這幅作品，我深深為李文畫裡耶穌悲憫誠懇的祈禱表情，與拉撒路兄妹的哀哀企盼眼神而悸動，忍不住稱道：「李文，你畫得真棒！」

李文也走到我擺畫的另一頭，端詳半晌後說道：「你畫得才真好呢！」他一再誇我能把耶穌呼喚死者的動作，和周圍人的驚喜表情，掌握得十分傳神，使整個構圖深具視覺張力。我們都希望這次的畫作，能讓海更斯滿意。

樓梯間傳來陣陣沉穩有力的腳步聲，不用猜也知道是誰來了。李文和我互看一眼，一起迎向樓梯口，很有禮貌的向迎面上來的海更斯先生道聲：「早安！海更斯先生，歡迎再度光臨。」

有了上回被批評的經驗，這次我們二人都穿戴整齊，事先猛灌好幾杯濃茶，做暖身運動，讓自己看起來神采煥發，以免又被消遣一番。

海更斯筆直走向角落，瞇起他深邃的雙眸，抿著雙唇，儼然一副審美專家的架勢，瞅著他給我們的考題。站在一旁的我們，大氣都不敢吭一聲，只想快快結束這

種令人窒息的氣氛。

通過海更斯的考驗後，我懷著緊張好奇的心情，像個鄉巴佬似的，踏入奧倫治親王的行宮。這座兼具歐洲各國宮廷特徵的建築物，與隨處可見的典型荷蘭房舍相比，簡直是人間仙境。想到自己可在這麼富麗堂皇的地方發揮所長，心裡真有說不出的愉快。

因為工作的關係，在宮裡認識了許多朋友，他們大都是很懂繪畫藝術的行家高手，每個人均以為親王工作而驕傲自豪。我們經常互相往來，觀摩彼此的作品，交換工作心得和畫壇動態。這種交流，使我在對人、對畫各方面都獲益匪淺。

細數當時畫壇的佼佼者，首推比利時的魯賓斯。他是歐洲赫赫有名的藝術家，家住比利時安渥普省，曾在義大利工作了十年左右，和萊斯曼先生一樣，對卡拉瓦齊的畫非常崇拜。學成歸國後，在家鄉蓋了一棟有展覽室的大房子。聽說，展覽室是專門用來展覽他自己的畫作，每有新作時，必宴請各地朋友，到他那棟豪華巨宅聚會，共同欣賞最新成品。

豪爽好客、喜愛旅行又懂得生活藝術的魯賓斯，不僅相交滿天下，盛名更遠播全歐洲，數不清的達官貴族，競相邀他作畫。魯賓斯吸取卡拉瓦齊的獨家明暗對比

魯賓斯　瑪麗皇后的婚禮
1622－1625 年
　　魯賓斯擅長精緻華麗之
用色方式，這幅〈瑪麗皇后
的婚禮〉是其創作生涯中
的重要作品之一。面對皇
后新娘的人，是代表法王
亨利四世前來迎娶的特
使。

畫法，再用暖色調彌補因暗色形成的孤冷
感覺，使其作品獨樹一幟；他畫裡具有一
股喜氣洋洋、光芒四射的魅力，只要是看
過的人無不驚嘆愛上。魯賓斯渾然天成的
用色功力，正是我極需學習的地方。

　　不巧他已受聘於西班牙國王，無法來
和我們一起工作。或許正因如此，才讓我
在荷蘭有發揮的空間。

　　這些年，潛藏的好勝心，一直鞭策著
自己，要以魯賓斯先生為模範榜樣。在獨
自摸索繪畫竅門的過程裡，第一次有越過
瓶頸的感覺，該是在幫親王夫婦畫完肖像

吧？

　　親王夫婦對我的畫，讚美有加。連帶使我享受到名利雙收的好處。但就這樣在王宮做事過一生嗎？

　　「不！男兒應志在四方才對呀！」每每望著浩瀚的靜夜星空，我總告訴自己，再多的錢、再美的王宮也沒有外面世界來得大。離開王宮，我還是可以繼續幫親王服務的。

　　只是萬萬沒想到，後來會因幫海更斯先生的兄弟莫帝及他的朋友賈貴，畫了幅

親王夫婦肖像　1631、1632 年
　林布蘭幫親王夫婦畫完肖像後，開始聲名大噪。

人像，得罪大權在握的海更斯，此後自然減少為親王工作的可能。

莫帝肖像　1632年

賈貴肖像　1632年

莫帝和賈貴是非常要好的朋友，他們彼此擁有對方的肖像，這肖像是林布蘭畫的，他把二人畫得像親兄弟一樣，可能因此而引起海更斯的嫉妒。

4. 跟著幸運走

脫離王室，重回阿姆斯特丹，是我人生事業上的一個轉捩點。西元一六三○年時期的阿姆斯特丹有「叢林桅杆」之稱；是歐洲的貨運集散地及貿易中心，每天有不計其數的船隻，進出於阿姆斯特丹港；看到港口密密麻麻的輪船，各式各樣的貨物，熙來攘往的旅客、小販，把碼頭點綴得像過年一樣熱鬧，這些情景，常給我莫大的靈感激盪；記得以前，老想把來登畫下來，現在有這個功力了，反倒對勾勒都市景觀的興趣缺缺。

繁榮發達的經濟，使人們口袋裡有多餘的錢享受人生。每次走在街上，總見林立兩旁的酒館內，高朋滿座；櫛比鱗次的商店，有川流不息的人潮光顧。富裕的生活，興起了人們收藏名畫的風氣，使之成為代表個人品味的高級嗜好。不管懂不懂畫的實質內容，價錢愈高，賣得愈好。這類瘋狂的搜購熱潮，使得由北到南的藝術家趨之若鶩的湧進城裡，以期大顯身手。我，自然也不例外。

經朋友介紹認識尤林伯先生後，我就

搬去他那兒，成為他的房客。我們住在布列斯街，是城裡的新區；這裡齊聚眾多的畫家、藝廊，是個很有藝術氣息的地方，有如美國紐約的百老匯。

尤林伯是一位藝廊經理人，專門從事有關藝術仲介的生意；舉凡買賣畫作、清理舊畫、印刷出版、裱框等一應俱全。

一天，他對我說：「老弟，想不想一起合夥？」我看他蠻有誠意的，便點頭答應，把辛苦攢下來的積蓄，嘗試性的投資到他的生意裡，果真賺進不少利潤。他也順理成章，成了我的經紀人。我畫的第一張群體畫像〈杜普醫師講人體解剖〉，就是他經手的。

群體畫像，顧名思義，就是把一群人畫在一起。當時只要稍微有點名望地位的人，都會參加社團，彰顯自己的身分。然後相約聘請技術不錯的畫家，畫個群體像做紀念，其效果如同拍團體照。在沒有相機的年代裡，非常流行。

說起這幅〈杜普醫師講人體解剖〉，可真不容易才完成。首先，一般人不願意拿自己身軀當實驗品，唯一的辦法是透過特殊管道，等法院通知有因犯已被處死，再將死屍送上解剖檯。另外，還得看當時的天氣溫度，是否冷得足夠讓藥物處理過的屍體不致腐壞，才可開始動手。這麼麻

煩的解剖示範，常要等上個二、三年才有一次。

　　杜普醫師是本城的議員，未來市長的熱門人選，他的高超醫術馳名全國，連小孩子都知道他。一般沒沒無聞的大夫，無不想盡辦法上他的解剖課，以打知名度。也只有像他這樣德高望重的人，才有辦法拿到解剖用的實驗品。在這之前，醫學外科協會，已有三幅以解剖為主題的醫師群畫像；我畫的是第四幅。現在回想，當時光臨那陰森森的解剖室，突然看見躺在檯上已被藥物處理過的冰冷人體，全身雞皮疙瘩都不由自主的冒了起來。

　　我強自鎮定，看杜普醫師熟練的拿起解剖刀，朝死屍手臂切下劃開，他一面操作，一面喃喃講解手臂的肌肉組織；圍觀的大夫們，有的很專注聆聽，有的則拿著點名單，清點人數，也有人混水摸魚，趁機偷轉過頭，看我有沒有被嚇昏。

　　這次見習，令我想起魯賓斯曾畫過的〈耶穌與進貢者〉。畫中的人物神情與布局恰巧可作為借鏡；我把杜普醫師安排在耶穌的位置，七位大夫則立於左側，形同進貢者。我覺得杜普醫師、七位大夫及被解剖的人體均是畫的重點，所以他們的臉部神情、手勢位置與解剖體之間的關係，都採用近乎發白的明亮色系，以符合實驗

杜普醫師講人體解剖　1632 年

（油彩、畫布　169.5×216.5 cm　荷蘭海牙莫瑞修斯美術館藏）

　　林布蘭畫的第一張集體畫像裡頭，有很濃的魯賓斯影子；由魯賓斯所繪的〈耶穌與進貢者〉的構圖中，我們即可察覺出，其位置、神態描繪，被林布蘭借用不少。

魯賓斯　耶穌與進貢者
1610－1615 年

室的真實氣氛。

這幅作品，得到極佳風評。各地邀約也隨即蜂湧而至。「成名使人忙碌」這句話，顯已應驗在我身上。雖然繪畫的報酬很好，但卻是傷神耗時的工作。好在有尤林伯從旁處理周遭的瑣事，使我能夠專心埋首於作畫。

尤林伯的確是個很有商業頭腦的人。他看準市場需要多樣化，於是三番兩次勸我嘗試用蝕刻術來作畫。這項技術早在我向傑克伯先生學畫之時就會了，它和一般油畫不同之處，是將已設計好的圖案刻在銅版上，再用樹脂類的液體塗抹表面，隨即浸入酸性藥劑，以化學腐蝕作用把需要的圖案保留下來，不要的部分洗掉，再上油墨印刷。因銅版可重覆使用多次，若大量製作，可節省許多時間及成本。比起手工繪畫，蝕刻印刷的售價較低，可使各階層的顧客都買得起我的作品，達到藝術大眾化的目的。

我用蝕刻法幫奧倫治親王製作的〈卸下十字架上的耶穌〉公開之後，廣獲大眾的喜愛；同時又應親王要求，畫了另一幅〈升起十字架〉。這回主角還是十字架上的耶穌，我是第二男主角：那個戴著圓形呢帽，站在耶穌腳邊幫忙把十字架升起來的人就是我。這種融合不同年代的人的作

卸下十字架上的耶穌　1633 年

法，跟傳統畫法比起來，是一項新的創作趨勢。我是拿魯賓斯為安沃普教堂所畫的圖作為參考，大家還因此稱我為荷蘭的魯賓斯呢！

升起十字架　1633年

（油彩、畫布　96.2×72.2 cm　德國慕尼黑古代美術館藏）

樣，過著幸福快樂的日子。她是我的最佳模特兒，只要有她在身邊，就忍不住畫下她的一舉一動，即使是背影也好。你看！她是不是很漂亮？尤其是這張妝扮成花神的樣子，柔軟發亮的褐髮，戴上四季花草編織而成的花冠；蘋果般的粉嫩臉頰，掛著恬靜純美的笑容；再配上滿身春天氣息的嫩綠衣裳，我的莎思琪亞，真使羅馬神話裡的美麗花神復活了！

這樣甜蜜的生活，只過了短短幾年，我的新娘便在生完第四個寶寶後，因身體太過虛弱，被上帝帶到天國去。四個寶寶中，有三個也因生病而提早到天堂當小天使，只留下最小的小迪和我相依為命。失去莎思琪亞和孩子們，令我傷心欲絕，每次見到以她和孩子們為主角的各種畫像，不由悲從中來……，有好長一段時間，我根本無法提筆作畫。

6. 我的鄰居安斯羅

住在附近的安斯羅夫婦，知道我家遭遇不幸，心情十分惡劣，便不時過來慰問致意。因為他們的真誠相待，彼此遂建立起不錯的私交。我曾畫過幾張速寫送他們以表謝意。當時的荷蘭，流行家裡掛有以兩人為主的雙人畫像。一天，安斯羅小心翼翼捧著我送他的小畫像，愛不釋手的對我說：「林布蘭，謝謝你的畫，什麼時候有空可以光臨寒舍？」

「什麼事？如果是吃飯的話，我隨時奉陪！」我笑著回答他。

他有點不好意思的低聲說：「不是啦！是想問你可否把我和我太太二人的像，畫在同一個畫框裡？」

看在彼此是好鄰居的分上，想也不想便很爽快的答應了。不是我愛吹牛，畫一個人的五官是輕而易舉之事，但要畫得令大家心動加感動才屬害。找我作畫的人，就是看上我有這等本事。

安斯羅是個虔誠的孟諾派教徒，為人十分熱心，不做生意的時候，就四處向人傳教。

剛開始下筆的時候，我心裡還在想：該如何畫這個安胖子呢？左思右想，決定以他出了名的「愛傳教」，幽他一默。

　　畫中的安斯羅，挺著他碩胖的身軀，用慷慨激昂的口吻，比手畫腳指著桌上那本大《聖經》，口若懸河，面不改色的向妻子艾緹亞，宣揚上帝的偉大；賢淑溫柔又善體人意的艾緹亞，側耳靜聽得十分入神。你猜，是安斯羅講得太精彩，令艾緹亞感動得不由自主，緊緊握住手中的白手絹；還是艾緹亞已快要忍受不住她先生的叨叨不休呢？

　　畫像一完成，喜孜孜趕來驗收的安斯羅夫婦，目睹這幀傳神的作品後，都不禁哈哈大笑。

（油彩、畫布　176×210 cm　德國柏林國立美術館藏）　**安斯羅和艾緹亞　1641 年**

7.夜 巡

隔年，城裡自衛隊隊長班寧先生，請我畫個和別人不一樣的畫，以便掛在保衛總隊的大廳牆上。講到自衛隊，得先告訴你，三百多年前的荷蘭，可沒有什麼警察先生來幫大家抓壞人，居民的生命安全，全靠彼此之間守望相助。一旦遇到外來敵人入侵時，便要負起保鄉衛民的責任。

自衛隊的成員全是以本市居民為主，整城大約有二十隊左右，分為弓箭隊、弩手隊和槍隊三大類。班寧隊長的自衛隊是負責我們這一區的安全。得知班寧隊長的來意之後，我馬上和他去勘察那片用來掛畫的大牆。那麼大的面積只掛我的畫，簡直太過癮了。

「畫個十六英尺寬的圖放在這裡應該沒問題。」我信心滿滿的告訴班寧隊長。

這項挑戰應該算是我個人作品裡的大手筆吧！我把它取名叫〈夜

夜巡　1642 年　（油彩、畫布　363×437 cm　荷蘭阿姆斯特丹國立美術館藏）
　　集體畫正流行的時候，林布蘭替城裡自衛隊，完成這幅大約有二十
人左右的巨幅畫像；畫中的每人付一百元荷幣給林布蘭作為酬金。這
幅畫把他的繪畫事業推向最高峰。

巡〉，現仍掛在阿姆斯特丹的美術館裡。

許多喜歡研究我畫作的專家們，老說〈夜巡〉應該換個名字，原因出在這畫裡有明顯因日光照射而成的陰影，不是夜間景象，跟題目不符。可是對我來說，這些自衛隊成員，常要在晚上四處巡邏查看，或做軍事操演，是十足的夜間出沒者，所

夜巡（局部）

以我才選「夜巡」作為此畫的名稱，怎知這些敬業的專家們會為此議論紛紛！

　　先不管他們怎麼想，在這裡偷偷告訴你，聽說班寧隊長每次檢閱部隊，就要向副隊長魏藍先生提出一籮筐新點子。我因為要瞭解部隊運作的情形，便去集合場地參觀。恰巧遇見身穿黑衣、肩披紅飾帶的班寧隊長，正張著手十足演說家的姿態，向立在一旁、全身穿戴整齊的副隊長，滔滔不絕的訴說新計劃；其他隊員則早已不耐煩，逕自準備手上的東西：有的舉旗搖晃、有的擦槍裝彈、有的和同伴閒聊、也有自顧自的把大鼓敲得咚咚作響……各種聲音夾雜一起，活像個鬧哄哄的菜市場。

　　一群身材雄偉的男生之間，最吸引我目光的，還是那位個兒小小、穿大人衣服的金髮小女孩，她腰間綁著倒掛的白雞，神色慌張的到處叫著小狗回到身邊，那焦急的小大人模樣真是可愛。聽他們說，小女孩及身上的東西均是隊上的吉祥象徵。每次出任務，一定要帶這些吉祥象徵以保平安。

　　此情此景，恰好提供我填滿那面牆的新主意。既要畫個不一樣的，就用班寧隊長那隻「說話的手」作本畫的焦點吧；他訓話時的樣子和安斯羅傳教的神態，還頗有異曲同工之妙。再說，我實在不想照一

般慣例，只叫大家排排坐，把每個人的長相，依序掛在牆上像晒蘿蔔一樣的串成一排，那樣做未免太遜了些！

揭幕典禮那天，冠蓋雲集的大廳裡，衣冠楚楚的地方士紳，無不等著大名鼎鼎的林布蘭把新作公開亮相。待神氣的班寧隊長代表隊員們致完詞，屏息期待的來賓們目光一致轉向被紅幕遮住的大牆，接著紅幕被輕輕拉下……。所有人盯著這張期待已久的〈夜巡〉，先是一陣目瞪口呆，爾後竊竊私語之聲不絕於耳。我知道我成功了。他們十分訝異我會捨棄宣揚武士精神，改採報導式的生活化畫法，且光影運用自然，色彩鮮豔豐富，人物生動逼真。這種大膽的突破，得到在場所有客人的肯定，著實讓我在畫壇裡風光好一陣子，更把個人繪畫事業推向人生的最高峰。

才得意不久，倒楣事就來了。為照顧小迪，我請了一位保母來家裡幫忙。這保母看我要教畫、要創作，弄得身心俱疲，便頻頻向我示好，主動接手家裡女主人的工作。喪偶的我，自然樂意接受。孰料她四處亂說話，把主僕關係說成夫妻關係，這下可好，整件事鬧得滿城風雨，成了街頭巷尾的頭條新聞及茶餘飯後的笑話。我不甘名譽受辱，執意雙方對簿公堂，才做了了結。打完官司，才知自己的財務亮起

安德斯畫像　　1639 年

（油彩、畫布　　199×124
cm　　德國卡瑟爾美術館
藏）

倚窗而立的簡六少爺
1647 年

（凹版蝕刻、直刻　24.4
× 19.1 cm　荷蘭阿姆斯
特丹林布蘭美術館藏）

　林布蘭這二幅蝕刻
作品分別以黑、白為
背景，產生室內溫厚
與室外清朗，不同的
視覺效果。

六少爺的橋　1645 年

（凹版蝕刻　13 × 22.4 cm
美國華盛頓國家畫廊藏）

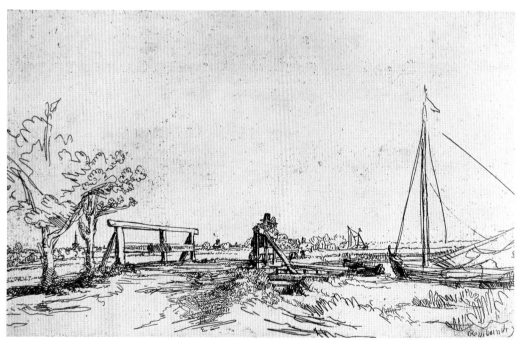

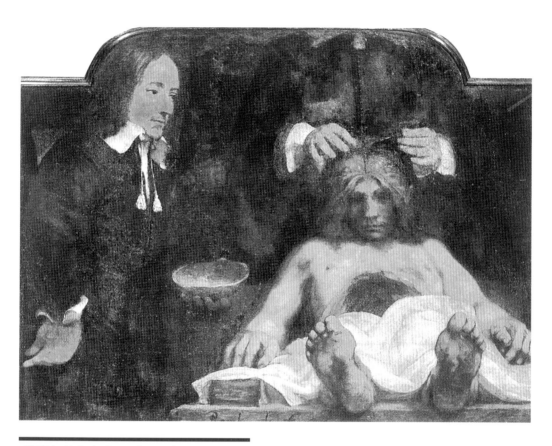

戴醫師的解剖學課（局部）　　1656 年　　（油彩、畫布　　100×134 cm　　荷蘭阿姆斯特丹國立美術館藏）

再畫一幅以頭部開刀為題的畫像，這次畫中主人翁換成他的學生戴醫師。有上次觀看解剖的經歷，這回「頂上開花」已嚇不倒我。可惜一場無名大火，把這幅畫燒得支離破碎，只留下中間的一小部分。

　　另外一件事，也使我心情跌到谷底。我有一幅比〈夜巡〉更大更壯觀的畫，原本高掛在新市政大廳的走道盡頭，內容是有名的歷史故事，描述古代荷蘭北邊的一位獨眼龍首領，眼見自己的國家被外來的羅馬軍隊強占，百姓們過著民不聊生的生

愛的兩位孫子，將來必有大成就，整個家族會因他們而蓬勃昌大，且弟弟的後裔將成為多數族。現在，請到我床前來，我要把上帝的祝福轉賜給他們：願一生牧養、救贖我脫離患難的上帝，賜福給這兩位童子……，願他們在世界上生養眾多……，上帝必與大家同在……。」

這樣感人的情節，使我宛如置身於其中。我不由得想試著用我的畫筆，透過畫裡人物，將那神聖的祝禱，傳遞給大眾共享。

圖要畫得好，一定要先溶入充分的感情，並反覆練習。假如你同意我的說法，不妨找個時間靜下心來，好好研究一下周圍朋友的行為舉止，你很快就會發現，他們的說話口氣、動作習慣，都是可以作畫的好材料。我的創意泉源就是來自於此。

10. 小迪長大後

一直以來，繪畫占據了我大部分的時間，亦使歲月似流星飛逝。不知不覺幾個寒暑，我唯一的寶貝兒子——小迪已由調皮搗蛋的跟屁蟲，漸漸長成為愛發問、愛幻想的小男孩。

平常做完功課後，小迪總會站在一旁看我畫些什麼，並好奇的問些有關畫畫的問題，然後有模有樣的提起筆在一旁跟著塗鴉。哈！我似乎又看到自己小時候的翻版。看他支著下巴睜著大眼睛，一副煞有其事的沉思模樣，真不知道小腦袋瓜裡又有哪些新花招？

小迪天資聰穎，領悟力又強。他的人物畫像和動物素描，經過不停的練習後，已經不輸給我這個當爸爸的了。及至長大成家，孝順的小迪取代尤林伯，成為我最得力的助手；他和他的新媽媽史多斐合開一家藝術經紀公司，共同協助管理我的繪畫事業。

原本該是以作畫自娛、含飴弄孫、享受天倫，來做我晚年生活的寫照。然而值此垂暮之年，女兒遠嫁後，卻再度嚐到妻

死子亡、白髮人送黑髮人的人間悲劇。史多斐與小迪先後感染瘟疫，撒手離去的事實，使整個原本風和日麗的世界崩塌了。什麼榮耀的荷蘭國寶、金銀珠寶，全都換回不了我摯愛的家人！回顧自己一生，從淘氣愛作夢的無知年少，到豪情浪漫的青壯時期，縱有幾經起伏的事業挫折，都比不過老來喪子，令人痛徹心肺。

　　我什麼都沒有了。驟失家人、含悲忍

痛之際，唯有提筆寄情繪畫，傾吐內心所有的孤寂、痛苦與難過。畫筆在手，平撫了我的傷口。拋開喪子陰霾，隨心所欲畫出心中、眼中的世界；爾後，五顏六色的油彩，隨喜怒哀樂，無拘無束恣意揮灑。那股不可言喻的宣洩與滿足，溢滿了整個曾經枯竭的心。一六六九年十月四日，我到天堂和家人團聚了，但把所有的作品留在人間，只因為要告訴你們，父母雖給了我生命，但繪畫伴我度過有歡笑淚水的一生，它是我精神的寄託、生命的全部和一生最忠實要好的朋友！除了畫畫，我實在想不出其他更好的替代品了。

聽完我的故事，你願不願意也和畫畫做個好朋友？

自畫像　1661－1662 年

（油彩、畫布　114×94 cm　英國倫敦肯伍德宮藏）

　　此畫的曲弧背景，始終令藝術史學家想不透，為何林布蘭要如此表現？是否有特殊意義存在？

林布蘭 小檔案

1606 年　7 月 15 日，出生在荷蘭的小城來登。

1620 年　十四歲時進入來登大學。進入大學沒多久即因喜歡畫畫而休學向傑克伯先生學畫。

1623 年　前往阿姆斯特丹向皮耶特・萊斯曼先生學習光影的「明暗對比畫法」；後和李文回到來登開設畫室。

1625 年　康斯坦丁・海更斯邀請林布蘭為奧倫治親王工作。

1631 年　搬至阿姆斯特丹，和尤林伯合作。

1632 年　畫了第一張群體畫像〈杜普醫師講人體解剖〉。

1633 年　一幅〈升起十字架〉，使林布蘭號稱為荷蘭的魯賓斯。

1634 年　與莎思琪亞結婚。

1642 年　莎思琪亞去世。受邀幫城裡自衛隊畫群體像〈夜巡〉，而這幅畫為林布蘭奠定了日後的歷史地位。

1649 年　娶史多斐為妻。

1660 年　兒子小迪和史多斐合作開設藝術經紀公司，並成為林布蘭的經紀人。

1662 年　完成了〈居民的密謀起義〉這幅比〈夜巡〉更壯觀的作品，後卻被迫割下畫的中央部分，重新裱框出售。

1663 年　第二任妻子史多斐因病去世。

1668 年　小迪結婚，但半年後也因病去世。

1669 年　10 月 4 日，結束了多彩多姿的傳奇一生。

獻給孩子們的禮物

「世紀人物100」

訴說一百位中外人物的故事
是三民書局獻給孩子們最好的禮物！

◆ 不刻意美化、神化傳主，使「世紀人物」更易於親近。

◆ 嚴謹考證史實，傳遞最正確的資訊。

◆ 文字親切活潑，貼近孩子們的語言。

◆ 突破傳統的創作角度切入，讓孩子們認識不一樣的「世紀人物」。

藝術的風華
文字的靈動

2002年兒童及少年讀物類金鼎獎

第四屆人文類小太陽獎

行政院新聞局第十七、十九次推介中小學生優良課外讀物

文建會「好書大家讀」活動1998、2001年推薦

《石頭裡的巨人——米開蘭基羅傳奇》、《愛跳舞的方格子——蒙德里安的新造型》

榮獲1998年「好書大家讀」年度最佳少年兒童讀物獎

《拿著畫筆當鋤頭——農民畫家米勒》、《畫家與芭蕾舞——粉彩大師狄嘉》

榮獲2001年「好書大家讀」年度最佳少年兒童讀物獎

兒童文學叢書
藝術家系列

～ 帶領孩子親近二十位藝術巨匠的心靈點滴 ～

喬 托	達文西	米開蘭基羅	拉斐爾
拉突爾	林布蘭	維梅爾	米 勒
狄 嘉	塞 尚	羅 丹	莫 內
盧 梭	高 更	梵 谷	
孟 克	羅特列克	康丁斯基	
蒙德里安	克 利		

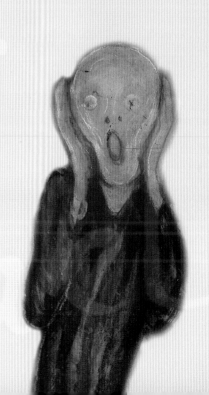

小太陽獎得獎評語

三民書局《兒童文學叢書・藝術家系列》，用說故事的兒童文學手法來介紹十位西洋名畫家，故事撰寫生動，饒富兒趣，筆觸情感流動，插圖及美編用心，整體感覺令人賞心悅目。一系列的書名深具創意，讓孩子們一面在欣賞藝術之美，同時也能領略文字的靈動。